KB125825

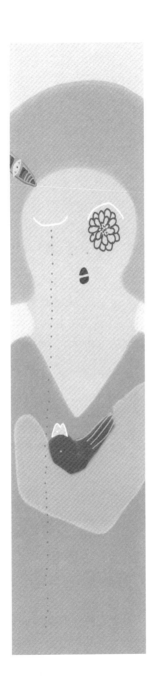

롤랑을 기억하는 계절

김명신 시집

시인의 말

이것이 전부입니다.

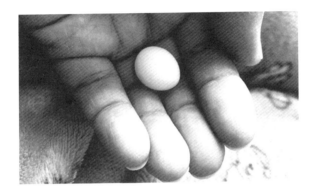

| 차례 |

4부 거기 뭐 있어요?

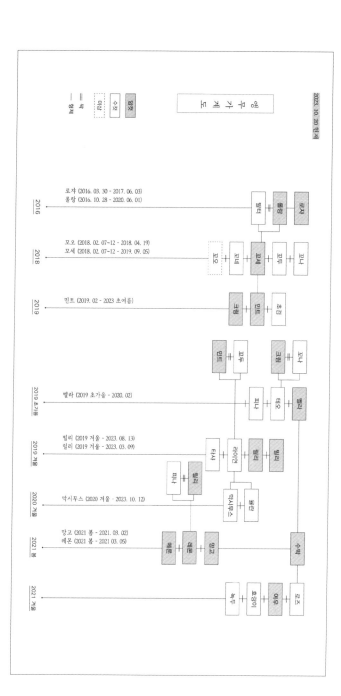

무 게 가 무 응 도

범례
- 혈쪽
- 수계
- 미상

2016
로자 (2016. 03. 30 - 2017. 06. 03)
롤랑 (2016. 10. 28 - 2020. 06. 01)

발티 / 롤랑 / 로자

2018
모오 (2018. 02. 07~12 - 2018. 04. 19)
모세 (2018. 02. 07~12 - 2019. 09. 05)

모오 / 꼬네 / 꼬세 / 꼬두 / 꼬나

2019
민트 (2019. 02 - 2023 초여름)

크림 / 민트 / 초건

민트 / 꼬두 / 크림 / 꼬나

2019 초가을
벨라 (2019 초가을 - 2020. 02)

피나 / 테오 / 벨라

2019 겨울
빌리 (2019 겨울 - 2023. 08. 13)
릴리 (2019 겨울 - 2023. 03. 09)

타샤 / 라이언 / 릴리 / 빌리

2020 겨울
막시무스 (2020 겨울 - 2023. 10. 12)

피나 / 헬리 / 막시무스 / 불건

2021 봄
망고 (2021 봄 - 2021. 03. 02)
레몬 (2021 봄 - 2021. 03. 05)

몰리 / 레몬 / 망고 / 수박

2021 겨울
복두 / 초승이 / 야우 / 로즈

1부 새는 언제나 나를 돕고 있다

호명

발터_로쟈_롤랑_꼬나_꼬두_꼬세_꼬네_꼬오_초검_
민트_크림_벨라_테오_피나_빌리_릴리_라이언_타샤_
뮬란_막시무스_수박_레몬_망고_메론_로즈_호랑이_여
우_녹두

비스듬히 누운 이름들은 모두 다른 세상으로 날아갔지만
한 번 이름을 부르게 되면 발터에서 녹두까지 부르게
되고

각자의 이름에 화답하듯 일렬로 와 앉기도 하고 숨어
버리기도 하고 어디선가 튀어나오기도 하고 없는 아이들
을 불러오는 듯도 하고

죽은 새들은 죽은 사실로
살아가는 새들은 움직임으로

각자의 숨을 놓을 때까지

발터°

+

로쟈가 떠나고 발터는 울지 않았다

로쟈를 린넨 천에 눕혀 놓자
발터와 롤랑이 주위를 돌더니
롤랑은 다른 곳으로 가고
발터는 로쟈의 몸 여기저기에 입맞춤을 했다

+

롤랑은 부리 깨지는 사고를 당했다
입을 사용하는 일이 새들에게 전부인데
내심 발터의 도움을 기대했지만 냉혹했다

더 이상 발터는 롤랑에게 가지 않았고
롤랑 또한 가족들 곁으로 가지 않았다

다만 가끔 나에게로 와 귀를 간지럽히고
잠을 잤다

이렇게 온순한 롤랑인가 싶을 때

롤랑은 떠났다

발터의 애도는 몸의 앞쪽 깃털을 뽑아내는 일이었다
이후로 깃털들은 자라다 말다를 반복하고 있다

° 발터는 대형 마트에서 왔다. 로쟈와 단둘이 사람들과 물건들 속에서
 새장에 앉아 있었다. 그즈음 죽음만큼 힘겨운 일이 있었다. 그때부
 터 발터는 나의 주치의다.

피나°

   횃대에서 꾸벅꾸벅 조는 아이를 가슴 가까이 했더니
달싹 붙어 잔다
   더 가까이 어둠을 만들어 주는데 눈을 떠 두리번거리
다 날아가 버렸다

   어린 앵무들이 모조리 소리를 낸다, 응원이다
   어서 나와, 어서!

   횃대가 거칠게 흔들린다
   새들의 날개가 남겨 놓은, 잠시 후 다시 돌아오겠다는
잠깐의 경고 문구였다

   행복은 낮과 밤을 가리지 않지
   잠깐 행복했던 나의 가슴에 전율이 남는다

   피나, 너무 많이 날아다니면 아직은 힘들 거야
   아직 깃털도 다 생기지 않았잖아

° 피나는 커다란 쌍꺼풀을 왼쪽에 갖고 있다. 매우 순해서 손을 내밀
  면 지금도 잘 와준다. 릴리의 짝이었으나 지금은 홀로 다른 앵무들
  과 잘 지내고 있다.

공알

수박°이가 갑자기 집을 뛰쳐나왔다

매우 착실하게 알을 품고 있었는데
이후로 집으로 들어가지 않고 놀고 있었다

아마도 깨어나지 않을 것을 알아차렸다 싶어
품고 있던 세 알을 꺼내 들었다

아니, 이럴 수가!

° 수박이는 발터 다음으로 가장 작은 골격을 가졌다. 게다가 한쪽 발
이 잘 펴지지 않아서 착지에 늘 실수가 따른다. 거실에 함께 있던 막
시무스의 짝과 관계를 하게 되어 첫 몸에 다섯 알을 낳았는데, 두 알
은 날면서 놓치고 세 알을 품게 되었다. 이제나저제나 아기 새소리
가 들릴까 했는데, 마침내 백기를 들고 나와 버렸다. 어쩌면 다음을
위해 잘한 일이지 싶다. 공알을 진짜 알처럼 오래 품는 마음은 몰라
서일까 알아차렸음에도 일까.

앵무새 똥

똥이 제일 문제겠어요

앵무새와 살고 있다고 하면 제일 먼저 하는 말입니다

똥이요?

사실 아무 생각이 들지 않습니다

가끔 앵무새들이 한곳에서 오래 머물 때 쌓이는 똥들을 보면 웃음이 터진다

똥은 잘 살고 있는지 안부를 살피는 중요한 일

이게 전부입니다

앵무 인간

로쟈°

검은 항아리에 담긴 하늘을 품고 돌아갔어요

그야말로 활짝 피었네

죽어서 활짝 피었는데 좋아?

어쨌든 환해서

로쟈는 정말 로쟈의 삶을 살다 갔을까?

글쎄, 그럴지도 아닐지도

로쟈, 로쟈 그 붉은 눈동자를 위해

기억하지, 처음엔 잘못 본 줄 알았어

새에 대해 몰랐으니까

원래 말을 못 했을까?

글쎄, 어쩌면

우리 집에 올 때 로쟈는 가슴에 자기 발톱을 하나 박고
왔었어

맞아, 일 년이나 지난 뒤에야 알았지

발톱을 빼고 나서 더 못 날아다니던데?

원래도 활발히 날진 못했어

새들도 새롭게 배워야 할 뭔가가 있을 거야

날다 자꾸 떨어지고 불시착이 잦은 걸 보면 아마도

난 침묵의 로쟈가 좋았어

노래는 발터가 아주 잘했으니까

벙어리 새 로쟈, 사유의 새 로쟈

>

그래서 더 아름다웠나

어쩌면 우리 집에 올 때 이미 늙어서 왔는지도 몰라

그러지 않고서야,

제발 그렇게 있지 말아요

저수지의 검은 물을 뚫어지게 바라본 적 있어?

로쟈도 이렇게 사물을 바라보았지

새와 인간이 뭐가 다르겠어

다르지!

얼마나?

글쎄 얼마나 다를까?

>

정말 그러다 빠지겠어요. 저수지가 되고 싶은 거군요.

로쟈는 소나무가 나는 저수지가

저기 두 번째 소나무 꼭대기를 바라봐

뭔가 아른거리는 게 설마?

붉은 옷을 입혀서 보냈잖아,

그랬지!

붉은 새가 보여요?

왜 붉은 옷이었어?

어쩐지 몸을 잘 해체시켜 줄 것 같아서

활짝 죽은 우리 로쟈

\>

그야말로 활짝
펴
돌아간

°로쟈는 발터의 첫사랑이다. 처음부터 병약했고 자주 날지 않고 거의
   7개월을 없는 듯 지냈다. 롤랑이 오면서 좀 날았을까. 매우 사유적이
   어서 창밖을 내다보는 것을 즐겨했다.

릴리°

로쟈, 무슨 생각을 그렇게 해.

갑자기 나와 버린 이름, 로쟈

참 이상하지, 널 닮은 릴리가 있어, 로쟈

미안한 마음에 작은 소리로 불러 보는 릴리

° 릴리는 피나의 사랑이다. 로쟈처럼 레몬 빛깔의 깃털이 매우 아름다웠고 창밖을 바라보는 것을 즐겨했다. 생전에 레몬, 망고, 메론을 낳았다. 릴리를 닮아 몸이 허약한 레몬과 망고는 엄마보다 먼저 세상을 떠났다. 과일 이름은 장수한다는 속설을 따라 했지만 속설에 불과했을 뿐이다.

꼬세°

어제까지 충분이 아름다웠고

오늘부터 영원히 아름다울

우리들의 슬픔을 달고 비행해 준

노랑 천사

° 꼬세는 꼬나의 첫사랑이다. 세 아이를 낳아 깃털이 나기 전까지 양
육했지만 롤랑과의 사건으로 셋을 모두 잃었다. 이후 알을 낳았으나
품는 일이 제대로 되지 않았고, 어느 날 갑자기 거실을 배회하다가
죽어 버렸다. 릴리보다 조금 짙은 노랑 깃털이 매우 아름다웠다. 꼬
나는 이후 크림이와 짝이 되었는데, 크림이 또한 릴리와 꼬세를 닮
은 연한 노랑의 깃털을 가졌다.

메이트 킬링

한여름 대낮 너무나 조용하다면
들여다볼 곳이 있다

피를 입에 잔뜩 묻히고 아무렇지 않게 꼬세의 집에 앉
아 있는 롤랑
아이 셋이 죽어 있는 킬링필드에 무덤덤하게 앉아 있
는 꼬세

말문이 막히고
속단은 금물이라 생각하니
조금은 투명해지고

모서리에 눕힌 후
한 올 한 올 실을 뽑듯 깃털을 뽑아내거나
둘이 붙어서 절대 떨어지지 않는
그런 싸움을 말린 적이 있었는데

목격자들은 모두였을 것이나 내 알 바 아니라는 척
꼬세와 롤랑은 더 이상 맞서지 않았고

무슨 일이 있었냐는 듯 모두가 평화의 한때를 보내고

롤랑의 일방적 공격이었을까
꼬세의 최선의 방어였을까

롤랑과 꼬세가 같은 시기에 알을 품고 있었고
꼬세가 먼저 알을 낳아 키울 때 롤랑은 자주 알을 깨거
나 품는 데 실패했었다는 것으로도 추정 가능한데

롤랑과 꼬세는 모녀라는 것과 알 품기를 잘한다는 공
통점이 있지만 그것을 넘어서는 그 무엇이 있었을 것이
라는 것도 넘길 일은 아니라는 듯

시간이 지나도 알쏭달쏭한

앵무 인간

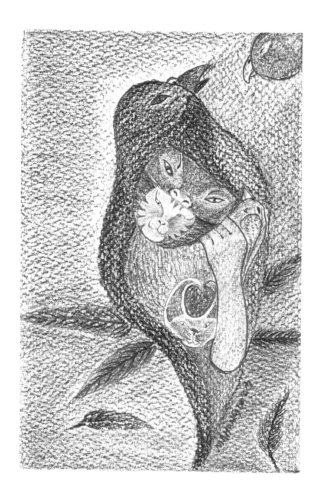

롤랑을 기억하는 계절

0

어느 순간 살아 있다는 감각을 모를 때가 있는데요,

아무 이유도 없이 자살해 버린 당신을 생각할 때마다* 드는 생각입니다.

1

롤랑은 베란다 건조대 철문 모서리 위에 앉아 있다 갑자기 허둥지둥 날아다녔다. 핏방울이 철문으로 튀겼고 다른 앵무들이 함께 놀라 어지럽게 날아다니고 롤랑도 어쩔 줄 몰랐다. 그때 롤랑은 매우 높은 곳에서 피를 흘리고 있었다. 한참 후에야 마홍 가슴으로 와 헐떡이는 롤랑의 몸은 더없이 작았다. 호기심이 많은 롤랑은 하필 마홍이 열어젖힌 안쪽을 들여다보다 닫히는 문에 부리가 깨져 버린 것이다.

치명상이었다. 그날 이후로 발터는 롤랑 곁에 오지 않았고 마치 죽음을 예견한 것 같았다. 어떤 냉정한 기운이 감돌았다. 롤랑은 그러든지 말든지 혼자의 시간을 더없이 명랑하게 보내고 아기 앵무들도 살뜰히 살폈다. 다행

히 마홍 주변에서 놀거나 좋아하던 나무로 가 몸의 열을
식히며 쉬기도 했는데, 어두워지면 마홍의 어깨로 와 있
다가 손안에서 잠이 들기도 했다. 그러다 사고 3일 후 바
깥나들이를 하고 돌아온 롤랑은 결국 영원한 잠 속에 빠
져들었다.

　여름 뒷산은 새들이 놀기 좋았고 롤랑은 마홍이 즐겨
산책하는 언덕의 소나무 아래 묻혔다.

　2
　무엇을 할 수 있었을까요, 롤랑에게
　괜스레 이 말이 한숨처럼 나오네요.

　베드로, 당신은 이런 날 요안나 콘세이요의 『까치밥나
무 열매가 익을 때』를 펼치다 깃털을 발견하고 소리 내어
읽어요. 깃털을 만지는 감촉을 배경으로 깔고 아주 천천
히.

　어떤 희미한 목소리가 귓가로 와 입김을 내뿜고 있다
는 걸 누구도 알아챌 만한 계절이 왔어요.

>
한 장을 넘기자마자 눈물이 왈칵 쏟아졌다.

롤랑, 롤랑이 와 있었구나.
넌 또,
    새가 되었던 거니?

* 『환상의 빛』: 미야모토 테루의 소설.

새는 나를 어루만지고

'다짐'이 '억지'로 읽힐 수 있겠으나
상관없다

새는 언제나 나를 돕고 있다

마른 숲에서 어지럽게 노는 붉은머리오목눈이들
부스럭거리는 것은 내 발자국, 벌써 없다
없는 그들을 맹목적으로 사랑하는 마음은 어디서 생겨
났을까

새들이 꼭 하늘에만 살지 않은 것처럼
나의 애정도 늘 같지 않을 것 같지만 넘쳐나고

새는 다짐하며 좋아할 그 이상이야, 이것은 너의 속엣말

내가 다짐하며 작약을 좋아하기로 했던 그때의 마음으
로 나의 앵무들을 생각하고 있다

새는 쉽게 오지 않고 내 눈은 그저 감은 눈일 뿐이어도
오히려 사랑의 마음이 깊어지는 나의 어린 스승들이여

\>

가끔

손을 내밀었을 때 손안에 먹을 것이 없다 해도 통통거리며 오고

어딘가 아파 높이 날지 못했을 때 항복의 자세로 순순히 온몸을 맡기는 그 온전함이 숭고로 읽힌다면

나의 어린 의사 앵무들이여

기꺼이 그대들의 집사로 남을 것이니

오늘도 변함없이 울라브 하우게의 『어린 나무의 눈을 털어주다』의 마음을 빌어 그대들을 모시러 가고 있다

2부 우리의 최선은 삶의 촉촉함에 있네

수국 없는 화분

슈베르트를 들으면 눈물이 흐른다.
하지만 왜 눈물이 흐르는지 우리는 알지 못한다.
— 테오도르 아도르노

화분을 버릴까 하네
수국이 살아 있던 시간을 버리고 싶나?

우리의 최선은 삶의 촉촉함에 있네

아니, 더 이상 뭘 심는 건 하지 않으려고
화분이 있으면 뭐라도 심어야 하는 강박이 있나 보군

딱히 그렇지도 않네
혹시 아나, 뭐라도 자라날지

오오, 어느새 우리 삶이 좀 더 촉촉해졌네

이런 말을 매일 노래하고 싶다네

지금은 말라 버린 수국이지만 흙에 물이 가 닿으면 뭐
라도, 안 그런가
하긴 세상엔 우리가 생각하는 게 뭐든 존재할 거라고
믿고 있네

우리가 돌아가야 할 곳이 바로 이 화분 속에 있지 않은가

맞네, 나무가 위를 향하는 것도 일종의 희생제의가 아니겠는가

그러니 우리 수국이든 무엇이든 화분을 기다려 보세

나는 아주 작은 새들만 본다

마른 가지들이 뒤엉켜 집이 되었다
바람이 햇살이 새들이 함께 있다
뒷걸음질 치다 마른풀 더미를 밟았다
숨을 잠시 참는다
뒤로 자빠지지 않아 다행이다
어디선가 아기 새들이 자라고 있다
귓구멍을 아래로 열면 소리가 빨려 온다
눈을 들어 환한 곳을 바라본다

나뭇가지 빛깔의 딱 한 움큼의 새

좋아하는 곳으로

∞

늘 가던 그곳으로 가
강물이 흘러서 늘 좋은 곳으로

거기 창밖 너머 플라타너스, 강가 옆 수양버들, 앉아
있는 사람들 웃음소리
반짝이는 곳으로

사뭇 다른 마음이 도사리고 있을지라도
숨 한 번 고르면서 생활을 곧추세우고 바라보는 1940
년생 소녀가

좋아하는 곳으로

†

(앙상한 검은 얼굴의 늙은 여자. 의자에 걸쳐진 외투처럼 졸
고 있다.)

얼마나 다행인가, 이 얼마나 다행이야
무엇이 다행인지도 모른 채 노래를 하네

>

노인들은 죽고 싶어서 울고 자식들은 살고 싶어서 울고
저 강물은 어디로 가는지 바쁘게도 흘러가네

어떤 꿈을 꾸나요, 죽지도 살아 있지도 않은
그녀의 석류나무, 그녀의 덩굴장미는

∞

언제 윤슬에 오래 누워 볼까요

나의 어린 어머니

검은 뱀

맨발이다

닿는 곳마다 솟는 바늘

당신의 눈이 불편하다

어디서든 나오기만 해 봐라

살얼음이 깨진다

시린 당신의 염려

반 토막의 검은 꼬리가 스친다

모르는 손이 오른 팔꿈치를 잡아당기고 앞선다

당신이 뒤를 돌아본다

산이 위험하다면 그건 바로 사람이겠지

그림자들이 흔들렸다

죽은 새를 묻어 주다

옛날 옛적, 새 한 마리가 있었습니다. 오, 하느님.
― 클라리시 리스펙토르

오래 서 있는 소녀

바닥을 보고 있다

곁으로 와 착 달라붙는 소녀

죽은 새의 등을 둘둘 말아 손아귀를 감쌌다

참새는 모로 누워 눈을 감고 있었다

시냇물이 흐르고 제법 나무가 많은 곳으로 걸었다

멧새들이 이 가지 저 가지에서 놀고 있다

숲에 눕히고 마른 잎을 수북하게 덮어 주었다

다른 짐승이 건드리지 못할 거야

소녀는 기척도 없이 사라졌다

죽은 새와 나의 어린 어머니를 위해 저녁 기도를 올렸다

오후 4시 44분

왼발을 저는 러시안 블루

풀숲으로 들어간다

어디든 안전한 곳은 없어

착한 눈빛이 따로 있는 것도 아니고

아무나 따라가지 마

초등학교 여자아이가 그냥 손목을 보았을 때

하필 친족 살해 뉴스가 크게 들려오고

갑자기 앞질러 가는 아이들 뒤로

혼잣말을 하며 지나가는 남자

누가 그럴 줄 알았어, 알았냐고!

꼭 그 시각에 모였다 흩어지는 사람들

그나저나 러시안 블루는 어디서 밤을 보낼까

약한 동물

새가 머리 위에 앉더니 똥을 누고

고양이가 발목을 감고 앉아 있고

동시에 놀리는 것이라고 말하는 이가 있는가 하면

각자 쉴 곳을 찾아 왔을 뿐이라는 이가 있는가 하면

당신이 조금 약한 동물이라 보호해 주는 거라고 말하
는 이가 있는가 하면

쉿, 가만히 있으면 됩니다

님프를 기다리며

초여름 오후는 발광한다

아이들의 발목은 희고 보드랍다
발목 잡기 놀이를 하다가 소년과 소녀들은 물속으로
사라진다

수양버들 나뭇가지에 걸터앉아 윤슬에 넋을 놓는다

한세상 비몽사몽 살았으므로 또

찰방대는 아이들은 어디서 왔는지 무엇을 하는지 모르
고 신나게 움직이다 어두워진 후에야 흩어진다

어느 날 소리들이 아이들이 보이는데 누구누구 이 개
여울에 살아 있노라
턱을 넘는 물들은 바다로 가고

3부 귀를 대본다

루카

흥분합니다
루카와 내가

루카의 가슴에 머리를 파묻고
오래 숨을 참았습니다

루카, 루카를 부르는 소리들이 환청으로 들려오고
뜨거운 눈물이 흘러내리고 마치 나의 루카인 것처럼

우리 루카는 사람을 좋아해요
루카가 당신을 아는 것 같아요
벌써 세 번째 보네요

목에서 빛나는 로즈골드 메달

멀리서 달려와 안아 주고 핥아 주고

루카, 루카루카 루~~카

떠올릴 때마다 내 겨드랑이에 루카의 두 손이 있습니다

>

눈을 마주하고 등을 쓸어 주면 오래 포옹하는

산책길에 또 보고 싶은 골든 리트리버 LUKA!!

꽃 이름을 부르며 걷다가

꽃 이름을 부르면 그 꽃들이 피어난다

청매, 홍매, 개나리, 철쭉, 사과, 돌배, 개복숭아, 진달래, 아카시아, 찔레, 오동나무, 조팝나무, 이팝나무……

한창 꽃이었을 때는 그런 줄도 모르고 그것이 좋은 줄도 모르고

바람이라도 조금 세게 불어 대면 가슴이 씀벅씀벅해진다 했더니
꽃들이 그렇게 쉽게 시들어 버리려고 피는 게 아니라고

스물둘에 갑작스레 져버린 미정이는 언제나 웃는 얼굴
그 꽃을 삼킨 영산강은 유유하고

어느덧 사십여 년
훅 들어오는 꽃향기

여전히 꽃을 좋아하지도 않고 이름도 잘 모르지만
꽃을 보며 차마 좋아한다는 말을 소리 내지 못하는

>

그냥 먼 꽃의 이름들을 부르며 걷는 게 전부인데

좋기도 하고 불편하기도 하고

오늘 나는 말 없는 내가 좋은데

작은 새들이 둥근 나무 사이를 돌아다니고 있을 때
나무 사이로 눈이 간다

바람이 한곳으로만 불고
그 바람에 잎들이 여기저기로 날아가고
아무 일 없던 낮은 식물들이 그 바람에 흔들리고

귀를 대본다

앓는 소리
빛이 쏟아지는데

들춰 보고 싶지만 기다린다
숨을 오래 참는다

점점 나는 또 말이 없어진다

숲속 새에게 인사를

안녕, 직박구리
안녕, 까마귀
안녕, 멧새들아
안녕! 안녕안녕안녕

(초랭이방정 떨면서 두 팔을 벌려 입을 더 크게 벌려 빙빙 돌면서 되도록 크게 활개를 친다)

몸이 부웅 뜬다.

* 부탁의 덧: 이 시를 읽으면서 소리 내서 인사를 하지 못했다면 당신은 매우 진지한 사람입니다. 그럼에도 마음속으로는 오두방정을 떨어 보시길 권합니다. 몸이 한결 가벼워지는 걸 경험하실 거예요.

탱자나무 참새

푸른 가시들이 촘촘히 달려 있었어
탱자를 따려면 가시가 너무나 뾰족해
새들은 그 가시들을 어떻게 피해 다니는지
얼마나 경쾌한 리듬으로 누비는지

하나 남은 탱자를 따고 싶었어
바람이 등을 밀어서 하마터면 가시에 찔릴 뻔했지

움찔!

바람잡이 새가 하늘을 맴돌 때
참새들은 마른나무 가지들을 맴도는 거였어
위장도 못 하면서
내 눈에 들켰으면서

숲에선 전부 다 내 것인 듯 나를 속이지만
사람은 아직 관심 밖 동물이지

미안해, 참새들아 하나 남은 탱자야

메리골드를 따서 주머니에 넣고

걸었다
오후 세 시 무렵

흰 말채나무를 지나 숲길 쪽으로 난 잘 마른 나무 넝쿨
을 흘러 다니는 붉은머리오목눈이들

놀고 있다
숨을 참으면서 살금살금 걷는다 바싹 마른 장미는 핏
기가 없고 까칠하다 자잘한 가시는 지독할 것이다 생각
할 즈음 메리골드가 목이 부러진 채로 쓰러져 있다

줍는다
황금빛에서 흙빛으로 변해 가도 메리골드는 빛이 난다
양손 가득 주워 주머니에 넣고

숲을 빠져나오기 전 뒤를 돌아본다

마주치는 개들

이름을 불러 본다네

똘이, 돌이, 순이, 루루, 순이, 까망이, 루카, 순복이, 복돌이, 꽃님이, 치즈, 삼색이, 점박이, 코점이, 얼룩이, 스핑크스, 번개……

장애물을 맞닥뜨리는 서로의 심정이겠으나 우린 서로를 어루만질 줄 알지

소멸이 우리의 마지막이라 해도 창조의 시작점일 테니 몇 년 사이 역병으로 잃은 혈육도 언젠가는 같은 모습으로 만나지겠지

마주하면 낯설고 슬픈 일이지만
아주 잠깐 산책하다 만나는 개나 고양이, 나비, 나무, 꽃 들에게
자네 등을 쓸어 주는 마음으로 안아 주기도 하고
소리 내어 이름을 불러 본다네

우리 무방한 생명들 아닌가 하고

참 맑은 세계

허겁지겁 귤을 까먹다가
갓 구운 빵을 배에 올려 둔 채로

잠이 들었다

당신의 손바닥에서 빛나고 있는 참 맑은 세계
웃는 얼굴이 비치고 따뜻해지고
언제나 추운 나에게 꼭 따뜻해지길 바라
목소리가 들리는 것이다

서귀포 토평 자연 재배 귤도
갓 구운 시골 빵도
어린 시절 갖고 놀던 구슬을 이기진 못해

이 계절에 이 말이 왜 이리 달아요

4부 거기 뭐 있어요?

빵과 알

나는 빵을 만든다
앵무는 알을 낳는다

실패하면서도 웃는다

너는 더 이상 깃털이 자라지 않고 더는 알을 낳을 수
없고
나는 더 이상 빵을 굽지 않고 더는 빵을 먹을 수 없고

너에게서 가져오던 것이 소멸하고
나에게서 보내지던 것이 무용의 무덤으로 가자고 한다

내버려 둔다는 것은 은근한 부패의 마음
당신이 아름다운지 내가 아름다운지

빵에 푸른곰팡이가 피어났다
알은 더욱 투명하고 가벼워졌다

여름휴가

당신은 여러 차례 말했습니다

해가 질 때 종려나무에 앉은 한 마리 까마귀를 그려 보라고

당신의 정원에 종려나무를 심어 달라고

당신의 정원은 사철 온갖 꽃이 피어나고

비가 여름 내내 내릴지라도 무척 환한 곳입니다

종려나무라니요

남해를 돌며 여름휴가를 보내던 그해

세상 떠난 이들이 마중 나와 있는 것 같다고 나무를 가리켰을 때

당신은 어느 해부터 죽음을 살고 있음을 확신했습니다

당신의 정원에 종려나무는 아직 지키고 싶지 않은 약속입니다

  그러니 부디 이 여름도 무사하세요

초여름 봄날

조팝나무 꽃잎이 일렬로 밟힌다
반대편으로 붉은 대가리들이 흔들리는 덩굴장미 행렬

뒤에 오던 여자가 앞질러 가고 그 길에 청매화가 흐드
러지게 피어 있고
찔레꽃, 산딸기가 언뜻언뜻 보이고
오후 한두 시에 보이는 사람들은 모두가 힘없이 걷는데

봄바람이 좋아요. 거기 뭐 있어요?

무슨 꽃인지 궁금해서 보는 거예요

보고 싶었던 엉겅퀴의 보랏빛 눈알
한참을 쭈그리고 앉아 있다가

그래, 오늘은 내려가면서

대숲 소리를 서서 듣고
덩굴장미 향도 좀 맡고

뒤에 오던 여자가 재빠르게 따라붙는다

에프터썬

잘 몰랐을 거야

언제나 해를 향하던 두 손

네 등을 네가 껴안을 때

네 등을 거울에 비춰 보았을 때

고개를 돌려야 했던

한여름 대낮

웃는다

빛바랜 사진들 속 유독 하얀 얼굴

눈살을 찌푸리며

모래에 숨어든 태양의 흔적

>

잘 잡히지 않는 FM 라디오 클래식 채널

서걱거리는 목신의 오후

끈적하게 묻어나는 선율

늘어진다

다 발라 버린 손들의 오후

같은 꿈을 자주 꾸네

알 수 없는 마음일 때 무엇을 하지 마세요

내리는 눈은 내려도 그대로이고

두 개의 어깨를 감싸 도는 선율

슈베르트 피아노 소나타 A장조 20번 안단티노

무릎을 꿇고 있는 아버지와 어머니로 흘러내리는데

산 자와 죽은 자

한 번도 보지 못했던 모습

다행이야 살아가면서 몇 번은 따뜻해서

밤이 오고

미닫이문 반쪽에서 붉은 연꽃이 피고 있다

풀리지 않은 일이 있었다면 다 해결될 거야

어떻게 변주되더라도 아름다운

등 뒤에서

웅크리고 자는 소녀

고양이도 흰 개도 앵무새도 만나지 못해도

눈꺼풀이 떨리네

입이 벌어지네

나무 십자가

  힘을 줘요, 그것이 착 달라붙어서 더는 떨어지지 않을
만큼

  붉은 물이 흘러내려도 하나도 아프지 않고
  웃음이 끊이지 않으면서 눈물이 쏟아지는데

  우리는 다정한 사이도 아니면서
  손을 오래 맞잡고 알 수 없는 이야기를 합니다

  가까운 곳에 내 기도가 필요할 때면 손가락들이 사라
지는 것 같아
  차가운 손가락들을 부딪치며 연주하는 언니가 언제나
하는 말입니다

  ― 누가 내게 주었나, 나무 십자가
  ― 누가 나를 부르나, 나무 십자가

  '제게 기도의 힘이 남아 있다면 미약한 곳으로 흘러가
게 하소서'

이런 나의 말이 움직이자 반대편에서 여자가 소리를
질러댔다

　　뱉어, 어서 뱉어. 커다란 닭 덩어리가 순식간에 강아지
입에서 두 번이나 튕겨 나가고 우리는 선 자리에서 웃을
수 있었어 네가 살아서 다행이야

　　오늘 나의 기도는 강아지가 다 소비했네

　　눈에 손이 있다는 듯 쓸어 주면서 깜빡이는 언니의 눈
이 웃고 있었다
　　봐! 신의 사랑을

　　손을 씻으려는데 내 손안에 담겨 온 그녀의 입술이 보
였다

　　지루하지, 정말 지루할 거야
　　사랑? 아니 살아간다는 것

　　굴러떨어진 말에 묻은 먼지
　　오늘 출연한 우리들의 다정을 완성합니다

한여름 얼어 죽은 꽃들을 기억하는 한 줌의 멧새가 있습니다

어쩌면 비일비재한 일이기도 합니다

이미 얼어 죽은 꽃들은 비극이 아닐 수도 있습니다

하필 당신은 거기 있었을 뿐입니다

발견된 꽃들은 어디서든 왔습니다

어깨동무를 하고 목청껏 소리쳤던 어느 날 거리

당신은 기억합니다

다소 절망한 아침에 한 줌의 멧새가 꼬리를 잃었습니다

모든 곳에 모든 것이 발견될지라도 놀랍지 않을

한여름의 얼어 죽은 꽃들, 한 줌의 멧새

자, 이제 두 팔을 내밀어 주시겠습니까

저 고양이는

무엇을 기다리지 않는다 생각하면서
멈춰 있어서 더 그렇게 생각하나 싶어

가까이 다가가 보지만
꿈쩍하지 않고 한곳만 바라본다

어디로 가야 할까, 아니라면 누구를 기다리나

이 말은 나의 생각이고 계속 그 생각을 벗어나지 못하고
너는 거기 그대로 서 있고

산으로 지는 해가 붉게 번진다

아직 벚나무에 새들은 없고 하릴없이 서 있는 저 고양이

누구의 말도 모르는 척

모두가 집을 생각하지는 않겠지만 해가 지면
사방에 문이 생기고

축 처진 어깨들이 달려가는 거기
그곳이 아니라도 어디든 가 있길 바라

어린 새의 영혼에 신의 축복을!

하루 종일 들어도 좋을 거예요.

Eleni Karaindrou, <Eternity And A Day> — By The Sea.

앵무 인간 보고서

앵무 인간 보고서
― 팬데믹을 통과하며

마홍

0. 호명

2016년 봄은 마홍과 베드로에게 다른 종의 동생들이 생겨난 해다.

로쟈 룩셈부르크와 발터 벤야민의 이름을 빌려 와 부르기 시작한 로쟈와 발터.

그리고 추위가 시작될 무렵 롤랑 바르트의 이름을 빌려 와 부르게 된 롤랑이 왔다.

이후 발터와 로쟈 사이로 끼어든 롤랑은 발터와 친밀해지면서 세대를 형성했다.

이름 짓기는 꼬물들이 깃털을 가지며 이뤄졌다. 처음엔 꼬물거리는 모습을 보고 이름을 지었다가, 좋아하는 철학자, 영화감독과 영화 속 인물이나 무용가의 이름을 빌렸고, 오래 살기를 바라는 마음에 귀가 얇아져 과일 이름으로 지었다가 결국 노는 모습과 깃털 빛깔과 생김새를 반영하여 짓게 되었다. 좀 길지만 한 번 부르면 끝까지 부른다. 결국 리듬을 타며 부르게 되었다.

로샤_발터_롤랑_꼬나_꼬두_꼬세_꼬네_꼬오_테오_초겸_민트_크림_릴리_빌리_라이언_타샤_피나_뮬란_막시무스_망고_레몬_메론_수박_로즈_여우_호랑이_녹두

이들 중 비스듬히 누운 이름들은 죽은 앵무이지만 부를 땐 늘 함께 부르고 있다. 살았던 동안의 모습과 소리, 깃털의 감각들이 이름을 부를 때마다 선명하게 떠올라 가슴이 뜨거워질 때가 있다.

죽은 앵무들은 또 다른 세계에서 무엇이 되었으리라. 남아 있는 앵무들은 계절의 변화를 감각하며 우렁찬 떼창과 함께 삶을 영위하리라. 그 곁에서 베드로와 마홍은 소소한 돌봄으로 생의 감각을 성찰하는 중이다.

1. 어린 앵무들

잡힌 지빠귀의 노래
― 루드비히 폰 피커에게

푸른 나뭇가지 속 어두운 숨결.
파란 작은 꽃들이 고독한 사람의 얼굴

주위로, 황금빛 발걸음 주위로 떠돈다,
올리브나무 아래서 시들어 가며,
밤은 취한 날개를 파닥여 날아오른다.
그렇게 겸손은 가만히 피 흘린다,
꽃 피는 가시나무에서 천천히 떨어지는 이슬이다.
빛나는 양팔의 연민이
찢어지는 가슴을 얼싸안는다.

— 시집『푸른 순간, 검은 예감』, 게오르크 트라클, 김재혁 옮김

처음 발터와 로쟈는 매우 어렸고 발터는 개구쟁이 웃는 얼굴, 로쟈는 무념무상 얼굴이었다.

대형 매장 직원은 삼 일 정도 담요로 덮어 주라고 당부했다. 하지만 발터와 로쟈는 하룻밤 자고 바깥으로 나오려고 했고 거실과 베란다를 자유롭게(?) 날아다녔다. 너무나 어렸던 로쟈와 발터는 거실에서 나는 편백나무 향이 좋아서일 수도 있다. 게다가 움직임이 협소한 곳에 오래 있지 않았는가. 처음 날아 본 로쟈와 발터의 기분을 감히 알 수 없다. 이어 밀려드는 죄책감. 생명을 책임질 깜냥이나 되겠나 싶을 정도의 심약한 때에 로쟈와 발터가 왔으니 말이다.

변명하자면 아주 이기적인 — *살아내야만 하는* — 결과였다.

2. 돌봄

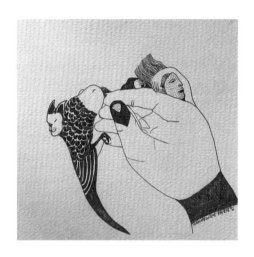

　팬데믹은 생활 공간을 매우 협소하게 만들었지만 깊은 사색의 장을 뒷산에 마련해 주었다. 집 뒤에 산이 있다는 것에 매우 감사했고 빼놓지 않고 거의 매일 숲을 사유하고 자연의 시간자들을 만났다.

　빌리와 수박이는 한 번씩 뒷산으로 산책을 나갔다. 메론이와 수박이는 차를 타고 조금 더 멀리 나간 적도 있다. 그럴 때마다 자유롭게 하늘을 나는 멧새들을 보면 많이 미안하고 어떤 죄의식이 올라왔다. ('나 좋자고, 나 살자고!') 더군다나 사진 잡지에서 보았던 일본의 앵무들은 어느 도시 전깃줄에 길게 앉아 있었고, 하늘을 맘껏 비행하는 중이었다. 여러 번 이런 상상을 했다. 창문을 활짝 열고 아이들이 맘껏 하늘을 향해 날아가는. 하지만 워낙 고운 깃털과 작은 몸이라서 순식간에 포식자의 눈에 들어올 것이고 그 뒤는 말할 필요도 없는 결말을 맞이할 것이다.

　도시가스 점검을 오는 검침원은 볼 때마다 경이롭다면서 바깥으로 날아간 애들은 없냐고 물어온다. 그때마다 청소하다가 방충망도 함께 열어 놓은 그 잠시를 알고 묻는 것 같아 소름이 돋았다. 그 어느 때도 방심하지 않으면 충분히 일어날 일이다.

3. 생명관

　주변에 개나 고양이, 새를 기르겠다면서 아이들을 줄 수 없냐고 물어 오는 사람들이 종종 있다. 외롭다거나 한 번 정도는 키워 봐야 생명에 대한 존중감이 생기지 않겠냐는 게 이유로 등장한다. 실제로 그들은 한 번 이상 햄스터나, 게, 강아지나 고양이를 길러 봤거나 죽음을 경험해 본 사람들이고 그때마다 잠시 슬픔을 유지하다가 새롭게 다른 생명으로 옮겨 간다.
　부디 *심사숙고의 시간을!*

　생명은 그 자체로 소중하고 함부로 책임지겠다는 생각을 하지 않아야 한다는 생각이다. 물론 자기 나름의 생명관을 갖고 있겠지만, 생각에 생각을 거듭한 끝에 품에 안아야 한다.

하늘과 땅 사이에 무수한 생명체들 가운데 하늘의 존재가 땅의 존재에게 왔으니 잡혀 온 것이나 다를 게 없다. 알에서 깨어나 깃털이 자라고 스스로 비행할 때까지 모습을 지켜본 바로 여태껏 변함없는 것은 '아, 모셔야겠구나'다. 매일 똥을 치우고 주변을 정리해 주고 밥과 물을 준비하는 일, 이외에 어디가 불편하거나 아픈 데는 없는지 눈에 불을 켜고 지켜야 한다.

4. 반려

생명이 생명을 서로 돌보는 일은 숭고하다.

마홍과 베드로에게 앵무는 숭고하며 지극히 아름다운 존재다.

삶의 스승이라고 하면 무슨 호들갑이냐 하겠으나, 철학자, 연애술사며 소통술사가 또 있을까.

사유하는 모습, 침묵의 시간, 경청하는 모습, 깃털을 골라 주고 사랑할 때나 아플 때 잘 소화할 수 있도록 미음처럼 만들어 게워 주는 모습, 죽음에 임박했을 때 짝과 무리로부터 자발적으로 고립 상태를 유지하는 것을 지켜보았다면 어느 사람도 무릎을 꿇을 것이다.

물론 여기저기 자잘한 똥들이 발견되고, 날아다니면서 날리는 몸의 가루나 깃털들, 밥을 먹으면서 알곡 껍질이 흩어지곤 하는데, 이것들은 그야말로 생활의 발견들이고 일상일 뿐이다.

새똥과 깃털, 알곡 껍질 날림이 뭐란 말인가.

5. 애도

세상 고요한 거실에 파바로티가 부르는 헨델의 <울게 하소서>가 퍼진다.
그날 발터는 처음부터 끝까지 함께 불렀다.
어찌 잊을까, 그날의 발터 노래를.

알곡 까기의 달인이면서 클래식에 심취하는 발터의 노래를 다시 들을 수 있을까.
롤랑의 죽음 이후로 부쩍 말이 줄었고, 비행도 저조하고, 몸의 깃털도 많이 없어졌다.

반려자를 향한 극심한 스트레스가 아니겠냐는 생각이다.

진정한 애도란 이런 것일까.

6. 죽음

앵무들 중 제일 먼저 소나무 아래 묻힌 의문사한 로쟈, 베란다에서 떨어진 꼬오, 이유를 알 수 없이 방을 어지럽게 날다가 급사한 릴리, 병약했던 벨라, 꼬세, 레몬, 망고, 앵무 중 가장 많은 자식을 가졌으나 앓다가 돌아간 민트, 다음으로 사고사한 롤랑, 시름시름 앓다 간 빌리, 오른 깃털이 다쳤으나 꿋꿋하게 지내다 돌아간 막시무스.

환절기는 생명체에게 치명적인 시간이 될 수도 있다. 그럴 때 알아차리고 나름 대비를 하는 것은 생명체의 몫이다. 그럼에도 비껴 갈 수 없다면 다음 세상으로 넘어가는 것이다. 우리는 여전히 생과 사를 반복하며 **통과 중**이다.

지혜로운 삶이 있다면 서로가 서로를 돌보는 것이다. 지극정성이란 말은 사치일까.
온 힘을 다한다면 더함도 덜함도 없는 생의 시간을 영위하는 것이다.

오늘도 마훙과 베드로는 발터의 지휘 아래 지내고 있는 열일곱 앵무의 시간을 함께 살아 낼 것이다. 죽은 앵무들의 애도 또한 계속될 것이다.

7. 덮침, 곧 통(統), 통(通)

무방비 상태에서만 감각할 수 있는 비행의 실체를 이렇게 말해도 좋겠다.

공포 이전에 공기의 흐름이 잔잔하던 파도가 서서히 일어나 파도의 끝에서 기지개를 켜는 물의 반격을 상상하는 것 같을 때 그 이미지에 휘둘려 촉각은 곤두설 수 없고 그야말로 급습의 형태로 달려드는 그런 철썩임, 그 이전의 힘.

카츠시카 호쿠사이(Katsushika Hokusai)의 판화 <가나가와 해변의 높은 파도 아래>를 감상하면서 감각되는 파도의 맨 윗부분에는 엄청난 힘이 느껴진다. 마치 괴수가 여러 개의 손으로 장악하려는 어떤 상대, 금방이라도 집어삼킬 것만 같은 그런 기세 말이다.

그것을 흰 다리의 소유자 뮬란과 막시무스에서 만났다.
결코 작은 몸이 아니다. 결코 연약한 대상이 아닌 것이다.

앵무들이 이렇게 올 때 일시 정지가 발생하고 온몸에 에너지가 확산된다.
흰 다리는 더 이상 장애가 아니다.

"내가 당신에게 무엇인가요?"
"통(統)! 통(通)!"

8. 고맙습니다!

우리는 함께 지구라는 행성을 살아가면서 만난 인연으로 주어진 숨이 다할 때까지 아낌없이 돌봐야 하는 생명들입니다.

만나서 고맙습니다!

호명

이정현(문학기고가)

호명_

삶은 그런 것: 버튼만 누르면 삶에 불이 환하게 들어온다. 1
— 클라리시 리스펙토르

첫째 날 읽기: 마홍 2 , 앵무, 이브 본푸아, 클라리시 리스펙토르

가자!
—「말풀 씹던 시간」3 부분

한번 들어가 보자
—「밤실 엘레지」부분(『고양이 타르코프스키』)

---

1 "그녀는 어렸을 때 동물을 무척 키우고 싶어 했다. 하지만 고모는 집에 동물을 들여 봐야 입만 하나 늘 뿐이라고 했다. 그래서 그녀는 개의 사랑을 받을 자격이 없는 자신은 벼룩이나 키우며 살아야 한다고 생각했다. 그녀는 고모의 영향으로 고개 숙여 기도하는 습관을 익혔다. 하지만 그녀의 신앙심은 오래 가지 않았다: 고모가 죽은 뒤 그녀는 다시는 성당에 발을 들이지 않았다. 성당에 나가 봐야 아무 느낌도 없었고 신들은 낯설 뿐이었다. **삶은 그런 것: 버튼만 누르면 삶에 불이 환하게 들어온다.**"(클라리시 리스펙토르,『별의 시간』, 을유문화사, 2023, p.47~48, 강조: 인용자)

2 마홍은 김명신 시인의 다른 이름이다. 다음 구절 참조: "지극히 사적인 시 하기는 마홍이 하는 그림 하기와 다를 바 없다."(김명신,『남아있는 이들은 모두 소녀인가요』, 천년의시작, 2019, p.103)

3 「말풀 씹던 시간」(김명신,『고양이 타르코프스키』, 실천문학사, 2016)

이것은 나의 제안: **"곧장 들어가자,** 환하고 맹렬하게 형상화되는 제안들이 있는 작품 속으로. 태어나는 상태의 사유가 거기 있으니 논증이나 설명 속에서는 사유가 이미 늦게 된다."(이브 본푸아, 『우리에게는 랭보가 필요하다』, 문학동네, 2023, p.497, 강조: 인용자) *"아아, 시작하려니 몹시 두렵다."*(클라리시 리스펙토르, 『별의 시간』, p.30) 오늘은 여기까지. *"어린 새의 영혼에 신의 축복을!"(마홍) 첫째 날 이야기 끝.*

둘째 날 읽기: 마홍, 앵무, 잉그리트 리델, 토도로프, 아핏차퐁 위라세타쿤

그 겨울 모두가 안으로만 열중할 때, 새 한 마리 유리창을 향해 돌진했다 반쯤 뜬 눈과 아직 따뜻한 날개, 백합나무 잎에 싸고 또 싸서 바람 자리에 눕혔어, 봄이 되었고 그곳을 파보았는데 아무것도 발견되지 않았지 새들이 생각지도 못한 곳에서 불쑥 튕겨 나와 하늘을 질주하는 걸 보았다면 이상한 일도 아니니까 어떤 나무도 새를 품어주지 않는 건 본 적이 없어

새를 만지지 마라
꽉 쥐면 죽여버릴지도 몰라
─「새에 관한 명상」 부분(『고양이 타르코프스키』, 이하 『고양이』)

"저기를 봐!"(「무덤」, 『남아있는 이들은 모두 소녀인가요』, 이하 『소녀』) **앵무 한 마리가 보인다. 뮬란인가?** 홀로 남은 라이언[4]인가? 설마, 릴리(2019. 겨울~2023. 3. 9)[5] 너였니? 빌리(2019. 겨울~2023. 8. 13)[6]도 아니라면 롤랑(2016. 10. 28~2020. 6. 1)이구나. "이렇게 온순한 롤랑인가 싶을 때"(「발터」) 세상을 떠난, 마홍이 그토록 사랑했던, 네 이름이 혀끝에 맴돈다. 넌 오래전에 죽고 죽어서 "불리지 않아"(「실종에 대하여」, 『고양이』) 잊힌 이름이 되었다. 너

---

4 "늠름한 막시무스(2020. 겨울~2023. 10. 12)가 이생을 마쳤다. 짝인 라이언의 생은 계속될 것이다. 두리번거리며 막시무스를 찾는 소리에 눈이 퉁퉁 부어오른다. 보이지 않고 들을 수 없게 되었다는 것. 발랄하던 막시무스가 라이언과 잘 지내던 모습을 기억한다. 다쳐 날기가 불편했지만 막시무스의 삶은 치열했고 짝 라이언의 돌봄은 극진했다. 둘은 서로를 다정하게 잘 돌봐 주었다. 지금도 왔다 갔다 하며 애타게 부르고 있다."(김명신, <페이스북>, 2023/ 10/ 12, 이하 <페북>)

5 "미안한 마음에 작은 소리로 불러 보는 릴리"(「릴리」), 레몬 빛깔의 아름다운 깃털을 가진 릴리는 허약했다. 마홍 3대 앵무 릴리의 기원은 꼬두(♂)와 민트(♀). 죽은 릴리를 향한 마홍의 마음이 보인다. "릴리, 함께여서 고마웠어."(<페북>, 2023/ 3/ 9)

6 빌리에 대한 시는 없다. 대신 마홍의 글 창고에 사적 메모가 차고 넘친다. 기이한 일이다. 빌리가 죽은 후 마홍이 남긴 메모 하나를 소개할까 한다.

"태풍이 가고 시름시름하더니 오늘 낮에 생을 마친 빌리. 빌리가 죽었다. 형제들 가운데 혼자 남은 아이라 튼튼하게 자라 주길 바라면서 지은 이름 빌리. <빌리 엘리어트>의 '빌리'. 자주 내게 와 평온을 선물해 주었지. 어쩌면 나보다 더 위로가 되어 준 새, 빌리. 이제 편히 쉬렴."(<페북> 2023/ 8/ 13)

를 보내고 마홍은 이처럼 썼다. "무엇을 할 수 있었을까요, 롤랑에게/ 괜스레 이 말이 한숨처럼 나오네요". "롤랑은 마홍이 즐겨 산책하는 언덕의 소나무 아래 묻혔다"(「롤랑을 기억하는 계절」, 이하 「롤랑」).

앵무 한 마리가 보인다. 그래, 롤랑도 아니라면 넌 누구니. (서서히 내 의문이 얕아지고 있다. 의문부호(?) 소거에 주목하자. 문장의 지연 혹은 반복은 무엇 때문인가. 의문부호의 병렬이 정답 맞추기는 아닐 테다. 그럴 때가 있지 않나. 대상이 눈앞에 있는데 내 시야가 이토록 막막하다. 조마조마하다. 내 입에서 '그 이름'이 튀어나올까 두렵다. 의문부호 생략은 의도적이고 내 의도가 이 글을 읽는 당신에게 닿았으면 좋겠다.) 꼬세(2018. 2. 7-12~2019. 9. 5)인가. "우리들의 슬픔을 달고 비행해 준/ 노랑 천사"를 기억한다. 마홍의 조사(弔詞)는 극진했다. "이제까지 충분히 아름다웠고/ 오늘부터 영원히 아름다울"(「꼬세」)…… 환영이겠지. 꼬세의 목소리가 들린다. "나를 너의 천사가 되게 하라."(잉그리트 리델, 『변화하는 천사-파울 클레의 천사 그림』, 세창출판사, 2023, p.16) 마홍의 조사를 받아 이렇게 말할 수도 있겠다. "사랑하는 여러분, 이 한 가지만은 잊지 마십시오. (……) 우리는 그의 약속을 따라 새 하늘과 새 땅을 기다리고 있습니다."(「베드로후서」 3장 8-13절) "꼬나의 첫사랑"이었고 "진한 노랑 깃털이 매우 아름다웠"(「꼬세」)던 꼬세. 넌 이생에서 충분히 아름다웠고, 이후로도 영원히 아름다울 것이기에 난 믿어, 네가 맞이할 새 하늘과 새 땅을……

꼬세 역시 죽었는데 그렇다면 내 눈앞 앵무는 누구란 말인가. 마홍의 앵무 2대 꼬오(2018. 2. 7-12~2018. 4. 19)인가? 네 삶은 짧디짧았다. 마홍의 두 번째 시집(『소녀』)에 수록된 「꽃망울 눈망울」을 나는 기억한다. 앵무시편 효시이기도 한 「꽃망울 눈망울」은 오롯이 꼬오에게로 향한다. 2019년의 일이다. 마홍은 자신이 훗날 앵무시집을 펴낼 줄 몰랐으리라. 꼬오는 롤랑(♀)과 발터(♂) 사이에서 태어났다. 로쟈(♀, 2016. 3. 30~2017. 6. 3)가 세상을 떠난 이듬해 죽었고 그에 대한 기록이 한 편의 시로 남았다.

먼저 있던 왕벚나무는 몇 살인지 몰라요 (……) 사람들은 그곳을 지나치지만 사건을 모르죠 누군가 그 자리에 몸을 놓고 안녕을 숨죽여 빌었다는 것을요 시간은 시간을 생각하는 사람에게로 흘러들어요 도무지 살아날 것 같지 않은 나무에 꽃망울이 생기고 자잘한 꽃잎들이 환해서 어떤 사실도 떠올리지 못하겠지요 당신도 알고 있을 거예요 지금의 당신 이전의 일들을요 비가 내리고 바람이 어지러운 날 꼭 왕벚나무만 환한 이유를 조금만 생각할 수 있다면요 앵무새 꼬오는 태어난 지 두 달도 되지 않아 왕벚나무 아래 심어졌지요

— 「꽃망울 눈망울」 부분

앵무 한 마리가 보인다. 나는 여전히 궁리 중인데 이제 답을 내놓을 시간이다. 망고(2021. 봄~2021. 3. 2)[7]와 나머지 앵무는 건너뛰자. (원고를 줄여야 한다.) 마홍이 쓴 앵무시편 중심축은 로쟈(2016. 3. 30~2017. 6. 3) 다. 로쟈는 자주 날지 않았고, 병약했으며, 7개월을 없는 듯 지냈다. "검은 항아리에 담긴 하늘을 품고 돌아갔"(「로쟈」) 다는 첫 행은 수사가 아니다. 앵무 로쟈는 의문의 죽음을 맞았는데, 시가 가리키듯, 사인은 익사였다. 베란다에 있던 항아리에 빠져 죽은 것이다. 혁명가 로쟈 룩셈부르크의 죽음과 결부시키지 말자. 죽음은 개별로 존재할 따름이다. 정리해 보자. 마홍은 2016년 봄, 우연히 앵무 둘을 집에 들이고 작명을 '결심'한다. (결심이 맞다. 앵무 이름에 '발터'와 '로쟈'를 앉힌 것이다.) 가족이 된 앵무 로쟈는 베

---

7 알에서 나와 백일을 넘기지 못한 망고는 너무 불쌍하다. 마홍은 망고가 죽고 난 후 다소 긴 애도의 글을 남겼다.

"망고. 다소 쌀쌀한 날씨에 더욱 추위를 타던 망고가 돌아갔다. 이름을 거론하여 원망하고픈 앵무가 있지만 알 수 없는 그 세계에 입을 다문다. 망고는 외면당했다. 내가 할 수 있는 일은 많지 않았다. 밥을 주고 따뜻하게 살폈다. 망고는 어쩌면 견디다 갔는지도 모르겠다. 깃털은 또래와 달리 덜 자랐고 축축했다. 퀭한 눈은 더 말해 무엇 하겠나. 그래도 당당하게 서 있어서 내심 기대한 바가 있었지만 무리였을 것이다. 3월은 여전히 추웠다. 목에 넣고 볕을 좀 쐬려고 했는데…… 오후 늦게 뒷산으로 갔다. 다음 세상을 이야기하지 않았다. 소나무 틈 자작나무 한 그루가 있는 곳에 망고를 눕혔다. 돌아서는데 이상하게 산에서 아픈 새소리가 났다. 일부러 빙, 돌아오는데 자꾸만 아픈 새소리가 짧게 들렸다. 산 위로 붉은 기운이 구름에 닿으려고 오르더라. 침묵이 생과 사를 잡고 있음에 합장하고 들어와 앉았다. 안녕, 망고. _()_" (김명신 <인스타그램> 2021/ 3/ 2)

를린 운하에서 살해당한 로쟈 룩셈부르크의 그 로쟈가 맞다. 앵무 발터 역시, 나치스에게 쫓겨 1940년 9월 26일, 스페인으로의 망명 도중 국경에서 음독자살한 발터 벤야민의 그 발터이다. 이렇듯 앵무 이름 짓기는 마홍 나름 일종의 오마주인데 그해 말 추위가 시작될 무렵, 롤랑[8]이 세 번째 앵무 가족이 된다. 롤랑의 합류로 마홍 앵무 1대는 완성된다. 2016년의 일이다.

내 이름은 발터

그러나 그럼에도 로쟈 역시 아닐 것이다. 로쟈는 오래전 소나무 아래 묻혔다. 심약했던 탓에 죽어서야 비로소 활짝 핀 앵무 로쟈는 "벙어리 새"였고 "사유의 새"였다.("어쩌면 우리 집에 올 때 이미 늙어서 왔는지도 몰라// 그렇지 않고서야,// 제발 그렇게 있지 말아요", 「로쟈」) 마홍은 죽은 로쟈를 붉은 린넨 천에 눕혔고(「발터」) 그 덕에 "활짝/ 펴/ 돌아"(「로쟈」)갔다. 앵무 로쟈가 간 곳을 나는 모른다. 마홍도 모르리라.

로쟈가 아니라면, 이제 남은 건 발터뿐이다. 로쟈가 "벙어리 새"/"사유의 새"였다면 발터는 '노래하는 새'였다. "로쟈가 떠나고 발터는 울지 않았다". 마홍이 죽

---

8 부기해 둔다. 당신이 상상한 대로 그 롤랑 바르트가 맞습니다.

은 "로쟈를 린넨 천에 눕혀놓자" "발터는 로쟈의 몸 여기저기에 입맞춤을 했다"(「발터」). 발터는 알고 있었을까. "삶과 죽음이 평행으로/ 혀를 길게 내밀며 서로를 핥아주"(「우린 두 마리」, 『고양이』)듯 "행복" 역시, 불행과 더불어 "낮과 밤을 가리지 않"(「피나」)는다는 걸 발터는 알고 있었을까. "무슨 일이 있었냐는 듯 모두가 평화의 한때를 보내고"(「메이트 킬링」) 그렇게 "로쟈는 떠"났다.(「발터」) 로쟈가 죽고 "새는 쉽게 오지 않"(「새는 나를 어루만지고」)는다는데 롤랑마저 "영원한 잠"(「롤랑을 기억하는 계절」)에 이르자 자신의 몸 앞쪽 깃털을 뽑는 발터가 보인다.(「발터」) "한 세상 비몽사몽 살았"(「님프를 기다리며」)던 탓에 깨어나니 "닿는 곳마다" "맨발"이다. "시린 당신의 염려"가 스친다. "당신이 뒤를 돌아본다"(「검은 뱀」). 앵무 발터는 그런 세월을 살았다. 로쟈와 롤랑을 떠나보내고 노래마저 잊은 발터가 "무엇이 다행인지도 모른 채 노래를" 부른다. "얼마나 다행인가, 이 얼마나 다행이야", 처연하여라, 우리 앵무들 가는 곳을 모른 채 "어디로 가는지 바쁘게도 흘러가네"(「좋아하는 곳으로」)요. 매일매일 앵무의 "생사를 확인하는 건 꿈같아요"(「우리 언제 닥칠지」, 『소녀』).

"저기를 봐!"(「무덤」) **앵무 한 마리가 보인다.** 내 앞의 발터[9]는 "자신을 설명할 다른 무언가를 요구하지 않

---

[9] 첫 시 「호명」은 앵무의 연대기에 가깝다. 시 첫 행이다.

발터_로쟈_롤랑_꼬나_꼬두_꼬세_꼬네_꼬오_초겸_민트_크림_벨라_테오_피나_빌리_릴리_라이언_타샤_뮬란_막시무스_수박_레몬_망고_메론_로즈_호랑이_여우_녹두

—「호명」 부분

마홍은 맨 먼저 발터를 부른다. 그렇게 마홍의 앵무 1대 발터는 스스로 기원이 된다. 1부 두 번째 시가 「발터」인 건 응당 당연하다. 다시 묻겠다. 내 눈앞에 보이는 아니, 차라리 내가 보고 싶은 '앵무 한 마리'는 누구인가. 발터인가. 생물학적 발터라면 '발터'에 괄호를 치고, 누가 됐든, 다른 앵무를 기입해도 무방할 것이다. 다시 우리의 시선은 오롯이 **한 마리** 앵무에게로 향한다. 그것은 대문자인가. 기원인가. '대문자'와 '기원'으로서 '발터'는 너무 무거운 이름 아닌가. 토도로프의 경구: "모든 이야기는 비슷하지만 동일하지 않은 두 균형 사이의 **움직임**이다."(츠베탕 토도로프, 『환상문학 서설』, 필로소픽, 2022, p.251, 강조: 인용자) 흔들리는 열린 문 하나 그리고 삐걱이는 오후의 정적. 거기 어디쯤에 아무런 요구 없이 발터가 혼자 서 있다. 리스펙토르는 그 사이, 거기 어디쯤에 '진실한 무언가'가 있다고 썼다. '진실'에 방점을 찍으면 시는 곤란해진다. '무언가'로 마음이 자꾸 기운다. 그것은 생성일까, 기운일까. 다시 묻자. 한 마리 앵무는 내게 무엇이었나요. "어린 앵무들"의 "응원"이 들린다. "어서 나와, 어서!"(「피나」) 시적 파동이 인다. '앵무'를 반복해 부른다는 것. 분절되는 앵무들. '발터'를 빠져나오니 무엇이 보이나요. 하나의 **움직임**이 보이지요. 그것은 리듬인가요. 글쎄요. "새의 언어를 배우겠다는" 몸짓이라면 어떡하겠습니까. "새들은 왜 가까이 오지 않"는 걸까요. 알지 않아요. 새들은 "돌아올 곳을 마련해 놓거나 메시지를 남기지"(「베란다의 주소를 묻자, 힐끗」, 『고양이 타르코프스키』) 않습니다.

앵무 한 마리가 보인다, 라고 나는 수차례 썼다. 가보면 꼭 그만큼 멀어지는 앵무 한 마리가 저기 멀리서 손짓한다. 낭패다. 수습 불가능할 지경에 이르러 다시 고개를 드니, 이런, 시그널처럼 또다시 **앵무 한 마리가 보인다.** 돌연 "사방에 문이 생기고"(「저 고양이는」) 새장(시집)을 빠져나온 발터가 날아오른다. "늘 가던 그곳으로"(「좋아

고 스스로 서 있"는데……"열린 문 하나가 앞뒤로 흔들리며, 오후의 정적 속에서 삐걱이고"……"그리고 돌연," 깨닫는다. "그래, 맞아, 거기에 진실한 무언가가 있"어.(클라리시 리스펙토르, 『야생의 심장 가까이』, 을유문화사, 2022, p.66) 오늘은 *여기까지*. *"어린 새의 영혼에 신의 축복을!" 둘째 날 이야기 끝.*

셋째 날 읽기: 마흥, 앵무, 푸코, 하이데거, 조르주 디디-위베르만, 베르너 하마허

한때 나는 새였을지도
—「12월 31일」 부분(『소녀』)

시집 『롤랑을 기억하는 계절』은 '사건'이다. 시(詩)의 몸을 입고 새 앵무가 시집으로 육화(肉化)한, 하이데거라면 **'뒤따라옴'**이라 부를 만한, 사건이다.[10] 앵무는 "'선

하는 곳으로」) 자신의 이름을 찾아……그래요. 이제 알 것 같아요. 나열에 나열을, 반복에 반복을 거듭해 여기에 이르렀는데……여전히 움직임이 보입니다. 8번 각주를 끝내기로 한다. 아핏차퐁을 따라 "와, 네가 여기 있다니 믿기지가 않아!"(아핏차퐁 위라세타쿤, 『태양과의 대화』, 미디어버스, 2023, p.64)라고 말하고 싶은 유혹을 나는 지금 간신히 참고 있다.

10 푸코라면 어땠을까. 그러면 시-짓기를 가리켜 허공에 떠다니는 무언가에 두께와 밀도를 부여하는 일이라고 명명하지 않았을까.(미셸 푸코, 『상당한 위험-글쓰기에 대하여』, 그린비, 2021, p.58) 또 그는 말한다. "문학적 언어"야말로 "'신'의 언어로 우리를 이끌어 주는 하나의 매개 언어"(미셸 푸코, 『문학의 고고학』, 인간사랑, 2015, p.149)입니다.

취하지도', '포획되지도' 않는다. 그저 '뒤따라갈' 뿐이다."(조르주 디디-위베르만, 『민중들의 이미지』, 현실문화A, 2023, p.298) '앵무'라는 신(神), 앵무는 마홍에게 '현재하는 신'이다. 열린 영역 속에 부재하는 방식으로 머무르고 있던 신들이 현존의 방식으로 나타나 성스럽게 도래하며 드러난, 일대 사건이다. 말해 보자. 적어도 마홍에게 『롤랑을 기억하는 계절』은 '현재하는 신'들의 도래이다. 이에 대해 나는 다른 말을 알지 못한다. 마홍이 앵무를 노래하자[11] 그의 간절한 부름에 시-몸을 입은 앵무들이 뒤따라온다.(마르틴 하이데거, 『횔덜린 시의 해명』, 아카넷, 2009, p.370) 마홍의 부름을 받은 앵무의 존재방식은 탈은 폐인데 자연 속에 감춰져 있던 것이 드러나기까지 그 작동방식은 신비이고 아직, 마홍은 앵무-신으로부터 **'가까이멀리'**[12] 있다. 기억할 것! "신적인 것의 근본요소는 성

---

[11] 마홍은 어떻게 "사람의 언어를 버리고 새의 언어를 배우"게 된 걸까. "땅의 세상에서 하늘의 세상으로 번지겠다는" 각오를 하기까지 그가 앵무들과 보낸 지난 7년을 나는 모른다. 다만, 시에 기대 추론할 뿐, 앵무의 전언(傳言)대로 날아오른 그곳에서 "돌아올 곳을 마련해 놓거나 메시지를 남기지"(김명신, 「베란다의 주소를 묻자, 힐끗」, 『고양이 타르코프스키』) 말았어야 했다. 마홍은 금도를 깼고 '앵무새 연작'을 쓰기에 이른다. 나는 마홍이 쓴 앵무새 연작을 읽었고, 궁금하여라, "그들이 어디에 거주하는지 알고 싶어서, 멀리서 그들의 뒤를 좇아 (……) 따라갔는데, 거기 가서야 비로소 그들이 어디에도 거주하지 않는다는 것을 알"(샤를 피에르 보들레르, 『파리의 우울』, 문학동네, 2015, p.95)게 되었다. '둘째 날 읽기'에서 최종적으로 발터를 해방시킨 연유이다.(9번 각주에서 참조)

[12] "시인은 신들의 엄습하는 가까움으로부터 스스로 물러나 그들을 '다만 조용히 불러야만' 한다."(하이데거, 『횔덜린 시의 해명』,

스러운 것이다."(하이데거, 앞의 책, p.376) 성스러움은 강림의 방식을 취한다. 부름에 앵무-신이 응답한다.

　다시 말하자면, '부름'을 받은 앵무는, 이곳에, 자신을 드러내되 탈은폐의 방식을 취한다. 아직 그것은 뿌옇고 희부윰하다. 저 멀리 있던 것들이 이곳에 오기까지 성스러운 것들은 여전히 어둡고[13] 우리 시야는 흐릿해 다만, 부를 뿐인데 마홍이 시집『롤랑을 기억하는 계절』첫 시를「호명」으로 시작한 건 일견, 타당하다. 예견한 바, "현재하는 신들이 시인에게 그렇게 가까이 있다면, 그 신들의 이름을 부르는 것은 저절로 밝혀질 것"(하이데거, 앞의 책, p.374) 이다. 신들의 이름을 부를 때, 오! 나의 앵무여!, '이 시간'은 '다른 시간'이 될 것이다: "시인이 자신의 상상력 속에 수많은 사람들(혹은 동물들)을 끌어들일 때도, 거리에서 자신을 수많은 사람들(혹은 동물들)에게 나누어 줄 때에도, 그는 다른 시간을 체험한다. 예술적 재능이란 이 시간을 다른 시간으로 만드는 기술이다."(황현산,「취하라」주해,『파리의 우울』, p.234) 마홍의 부름에 시간의 이편과 저편을 오가는 앵무들이 분주하다. "각자의 이름에 화답하듯 일렬로 와 앉기도 하고 숨어 버리기도 하고 어

---

13 "그러나 불러들여야 할 것이 너무나 가까이에 있다면, 불러지는 것은 자신의 저 먼 곳에서 파수된 채로 머물러 있기 위해 자신의 이름이 명명되는 것으로서 '어둡게' 존재하지 않으면 안 된다. 그 이름은 [어둠 속에] 감춰져 있어야만 한다.(하이데거, 앞의 책, p.379)

디선가 튀어나오기도 하고 없는 아이들을 불러오는 듯도 하고"(「호명」).

마홍이 부르고 앵무가 응답한다

"시작(詩作)은 에우케의 언어다."(베르너 하마허, 『문헌학, 극소』, 문학과지성사, 2022, p.22) 에우케euche, "부탁과 기도와 요구의 말"(앞의 책, p.16). "타자에게서 출발하고 타자를 넘어서는 말하기의 사랑, 말 건네기의 사랑, 응낙하기의 사랑"(앞의 책, p.22). 다시, 마홍이 부르고 앵무가 응답한다. "이름이 뭐더라"(「이름이 뭐더라」, 『고양이』), "이름이 뭐야?"(「소녀의 입술」, 『소녀』) 마홍의 부름에 앵무들이 "각자의 이름에 화답하듯 일렬로 와 앉"는다. 때론 숨고, 어디선가 튀어나오기도 하고 그렇게 "죽은 새들은 죽은 사실로/ 살아가는 새들은 움직임으로// 각자의 숨을 놓을 때까지"(「호명」). 앵무들, 오! 나의 앵무들이 응답한다.

"거기 아무도 없어/ 정말 아무도 없어"(「여름에 자라는 건, 소녀」, 『고양이』)? "이름을 번갈아 부를 때"(「해마다 착해지지 않으려고」, 『소녀』) 마다 "흩어지는 아이들"(「여름에 자라는 건, 소녀」), 그럼에도 "자꾸만 부르는 콜, 콜, 콜"(「콜, 콜, 콜,」, 『고양이』), "아무도 불러 주지 않는 내 이름/ 혼자서 바닥에 그려 보았지"(「아름다운 곳이라 들었습니다」, 『소녀』). "구체적인 나의 이름"(「검은 개는 빛나고」, 『소녀』)을 넌 아니? "이름이 뭐더라", "이름이 뭐야", 네 "이름을 불러 줄게"(「이름이 뭐더라」). "어떤" 이름은 "그 계절에만 숨어 살아"(「콜, 콜, 콜,」), "우린 한때 무엇이었을 텐데"(「12월 31일」, 『소녀』) "이름을 부르면 돌아오지 않을 거야"(「여름에 자라는 건, 소녀」). 어떤 "이름들은 모두 다른 세상으로 날아갔지만"(「호명」) "사라지는 것들이 도착하는 곳이 분명 있"(「실종에 대하여」, 『고양이』)을 거야. 그곳에 앉아 "이름을 하나하나 부르며"(「오늘은 얼마나 게으르고 지루하냐」, 『고양이』) "불리지 않아서 잃어버린 이름을 기다린다"(「실종에 대하여」). *"해가 지네/ 서둘러!"*(「여름에 자라는 건, 소녀」), 그런데 이름이 꼭 필요할까. 난 "이름이 꼭 없어도 좋다고 생각해"(「실종에 대하여」) 그럼에도 난 그 이름, 나의 사랑하는 앵무들의 이름을 "소리 내어 이름을 불러 본다네"(「마주치는 개들」). 오! 나의 앵무여. "발터_로쟈_롤랑_꼬나_꼬두_꼬세_꼬네_꼬오_초검_민트_크림_벨라_테오_피나_빌리_릴리_라이언_타샤_뮬란_막시무스_수박_레몬_망고_메론_로즈_호랑이_여우_녹두"(「호명」). 오늘은 *여기까지. "어린 새의 영혼에 신의 축복을!"* 셋째 날 이야기 끝.

넷째 날 읽기: 마홍, 앵무, 시몬 베유, 빌렘 플루서, 시인 김현

불가능은 초자연을 향해 열린 문이다.
우리가 할 수 있는 일은 그저 문을 두드리는 것뿐이다.
열어주는 이는 따로 있다.

— 시몬 베유(『중력과 은총』, 문학과지성사, 2021, p.131)

i)
발터_로쟈_롤랑_꼬나_꼬두_꼬세_꼬네_꼬오_초검_민트_크림_벨라_테오_피나_빌리_릴리_라이언_타샤_뮬란_막시무스_수박_레몬_망고_메론_로즈_호랑이_여우_녹두

비스듬히 누운 이름들은 모두 다른 세상으로 날아갔지만
한 번 이름을 부르게 되면 발터에서 녹두까지 부르게 되고

각 자의 이름에 화답하듯 일렬로 와 앉기도 하고 숨어 버리기도 하고 어디선가 튀어나오기도 하고 없는 아이들을 불러오는 듯도 하고

죽은 새들은 죽은 사실로
살아가는 새들은 움직임으로

각자의 숨을 놓을 때까지
— 「호명」(강조: 인용자)

ii)
꽃 이름을 부르면 그 꽃들이 피어난다

청매, 홍매, 개나리, 철쭉, 사과, 돌배, 개복숭아, 진달래, 아카시아, 찔레, 오동나무, 조팝나무, 이팝나무……

한창 꽃이었을 때는 그런 줄도 모르고 그것이 좋은 줄도 모르고

바람이라도 조금 세게 불어 대면 가슴이 씀벅씀벅해진다 했더니

꽃들이 그렇게 쉽게 시들어 버리려고 피는 게 아니라고

(……)

여전히 꽃을 좋아하지도 않고 이름도 잘 모르지만
꽃을 보며 차마 좋아한다는 말을 소리 내지 못하는

그냥 먼 꽃의 이름들을 부르며 걷는 게 전부인데
　　―「꽃 이름을 부르며 걷다가」 부분(강조: 인용자)

iii)
이름을 불러 본다네

똘이, 돌이, 순이, 루루, 순이, 까망이, 루카, 순복이,
복돌이, 꽃님이, 치즈, 삼색이, 점박이, 코점이, 얼룩이, 스
핑크스, 번개……

장애물을 맞닥뜨리는 서로의 심정이겠으나 우린 서
로를 어루만질 줄 알지
(……)
마주하면 낯설고 슬픈 일이지만
아주 잠깐 산책하다 만나는 개나 고양이, 나비, 나무,
꽃들에게
자네 등을 쓸어 주는 마음으로 안아 주기도 하고
소리 내어 이름을 불러 본다네
　　　　　　―「마주치는 개들」 부분(강조: 인용자)

　호명. 이름을 부른다는 것. '호명 3부작'(「호명」, 「꽃 이
름을 부르며 걷다가」, 「마주치는 개들」)이 내 앞에 있다. 목
록에 등재된 이름들. 새와 꽃과 나무와 개와 고양이와 나
비와……또 무엇이 있나요. 이 목록에 끝이 있을까. 으레

그렇듯 "마주하면 낯설고 슬픈 일이지만" 안쓰러운 이름들을 부여잡고 마홍이 인사를 건넨다. "안녕! 안녕안녕안녕", "초랭이방정 떨면서 두 팔을 벌려 입을 더 크게 벌려 빙빙 돌면서"(「숲속 새에게 인사를」) 마홍이 인사를 건넨다. 마홍은 모씨(某氏)들이 진정 반갑고 반갑다. "아주 잠깐 산책하다 만나는"게 전부인 그들에게 마홍이 인사를 건넨다. *"안녕! 안녕안녕안녕"*. 인사는 전염이 강하고, *그래요,* *"우리는 밝아집니다"*(「언니는 맛있어」, 『고양이』). 돌이켜 보면 "우리 무방한 생명들 아닌가". 마홍은 고개를 끄덕인다, 끄덕이며 *"얼마나 다행인가, 이 얼마나 다행이야"*, 우리의 마홍, "무엇이 다행인지도 모른 채"(「좋아하는 곳으로」) 마음으로 왼다.

마홍은 지난 3년여, 팬데믹을 겪는 동안 집 베란다와 뒷산과 동네 고샅을 오갔고 오가면서 마주친 동물들, 식물들의 이름을 조용히 노트에 옮겼다. 마홍의 말: "부스럭거리는 것은 내 발자국, 벌써 없다/ 없는 그들을 맹목적으로 사랑하는 마음은 어디서 생겨났을까". 사각사각, 노트 위에 펜, 이어지는 마홍의 말: "새는 다짐하며 좋아할 그 이상"이야. 익명의 상대에게 "속엣말"을 건네는 마홍. 말은 수습되어야 하리라. "다짐하며 작약을 좋아하기로 했던 그때의 마음으로" "앵무들을 생각하고 있"(「새는 나를 어루만지고」)습니다. 누군가는 "가늘고 어두운 골목 아직 죽지 않은 백열등 불빛 같은 사람을 시인이라고 불렀다"(「늙은 시인이 있었는데」, 『고양이』). 백열

등 불빛 아래, 시인의 노트가 빛난다. 노트에 그가 마주친 이름들이 빼곡하다.

이것은 시인가

전선을 확대해 보자. 시인의 '호명'은 '사물과 비사물'(빌렘 플루서)을 아우른다. 앞서 언급한 바, '호명 3부작'을 비껴 서면 '사물들'이 등장하고 급기야 그는 "사물(들)의 이름을 하나하나 부르"(「오늘은 얼마나 게으르고 지루하냐」)기에 이른다. 그 명단: "억새, 풀벌레, 텃새, 고추잠자리, 나비, 애벌레, 청둥오리, 저수지, 불투명 비닐 천막 속의 의자들, 부러진 옷걸이, 동강 난삽, 널브러진 밥그릇들, 찌그러진 양은 냄비, 찢어진 비닐의 먼지, 나이 든 여자의 빛바랜 꽃무늬 치마, 희끗희끗한 머리카락, 유난히 작은 귀, 짧은 인중, 자주 립스틱, 노 없이 떠 있는 배, 출렁이는 저수지, 먼 곳의 새들, 저수지로 내려앉는 해"(「한곳에 너무 오래 있었습니다」, 『소녀』). 이런 패러디도 가능하겠다. 한번 이름을 부르게 되면 '억새'에서 '저수지로 내려앉은 해'까지 부르게 된다거나(「호명」) 사물의 이름을 부르면 사물들의 이름이 피어난다거나(「꽃 이름을 부르며 걷다가」). 마흥의 인식체계를 알 것 같다. 긴긴 호명 끝에 그가 묻는다. "해 지기 전에 도착했으니 손을 잡아도 될까요"(「한곳에 너무 오래 있었습니다」, 『소녀』) 그래요. 당신의 "책임과 응답을 위한 말들이"(빌렘 플루서,

『사물과 비사물』, 필로소픽, 2023, p.165) 도처에 아름답습니다. 그로 인해 "우리는 밝아집니다".(「언니는 맛있어」, 『고양이』)

이것은 시인가? 그렇다. 시다. "이름은 누군가가 진심을 담아 한 사람에게 건넨 최초의 언어이기 때문에/ 그것은 시다"(김현, 「사람이 되어 가는 건 왜 이렇게 조용할까」, 『장송행진곡』, 민음사, 2023)

마흥, "나는 당신을 읽고 경청한다. 경청하고 순종한다. 순종하고 허용한다. 허용하고 들어오기를 허가한다."(빌렘 플루서, 앞의 책, p.157) 당신으로 인해 "나는 부분적으로 타자가 되었다. 나의 이 독서 덕분이다", 물론 그것은 『롤랑을 기억하는 계절』이리라, "내게서 달라진 것은 무엇인가? 나의 믿음이다. 믿음은 기대와 희망을 의미한다. 나의 독서가 나의 기대와 희망을 바꾸었다. 나는 달라졌으므로 다른 무언가를 기대하며 다른 무언가를 희망한다. 나는 내일 아침 일어날 때 다른 세계가 있기를 기대하며 다른 세계를 발견하기를 희망한다."(빌렘 플루서, 앞의 책, p.158) 오늘은 여기까지. *"어린 새의 영혼에 신의 축복을!"* 넷째 날 이야기 끝.

다섯째 날 읽기: 마흥, 앵무

모두가 아는 환대의 장소는 어딥니까
— 「당신의 카니발」(『소녀』) 부분

마홍이 눈을 들어 바라본 이토록 환한 그곳엔 무엇이 있나요. "나뭇가지 빛깔의 딱 한 움큼의 새"(「나는 아주 작은 새들만 본다」)가 있지요. 그렇군요. 포르릉, 긴 꼬리를 좌우로 흔들며, "우릴 기다려 기다려", '씨씨씨씨' 울면서 관목 속을 붉은머리오목눈이 한 마리 날아갑니다. 말라 버린 "수국 없는 화분"을 응시하며 다시 묻습니다. "우리가 돌아가야 할 곳"은 어디인가요. 마홍이 자문자답합니다. "수국이 살아 있던 시간을 버리고 싶나?" "우리가 돌아가야 할 곳이 바로 이 화분 속에 있지 않은가", "그러니 우리 수국이든 무엇이든 화분을 기다려 보세"(「수국 없는 화분」). "저곳이구나"(「무덤」『소녀』). (……) 암전. "사라져라 사라져라"(「취한 말들을 위한 시간3」『고양이』), 수국 없는 화분 사라지시고 붉은머리오목눈이 사라지시고 그리고 다시 암전. 어둠 속 목소리. 손을 펴 보게. "서귀포 토평 자연재배 귤"과 "갓 구운 시골 빵"과 "어린 시절 갖고 놀던 구슬"(「참 맑은 세계」)과…… 손이 따뜻해진다. "햇살 따라 움직이는 것 좀 봐"(「응달 양달」『소녀』), "우리는 또 건너가네요"(「몽몽」, 『소녀』). 자네가 본 것을 말해 줄 수 있겠나. "맑은 세계"가 보입니다. 자네 "손바닥에서 빛나고 있는"(「참 맑은 세계」) 세계가 "우리가 돌아가야 할 곳"(「수국 없는 화분」)이라네. 그렇군요. 손바닥에 당신의 "웃는 얼굴이 비치고"(「참 맑은 세계」), 따뜻하여라, 나 "눈을 들어 환한 곳을 바라"(「나는 아주 작은 새들만 본다」)보네. 나 그곳으로 가네. "강물이 흘러서 늘 좋은 곳으로" 나는 간다네. 다시, 마홍의 목소리가 들린다. "늘 가던 그곳으로 가"게. "거기 창밖 너머 플라타너스, 강가 옆 수양버들, 앉아 있는 사람들 웃음소리 반짝이는 곳으로" 가게. "사뭇 다른 마음이 도사리고 있을지라도/ 숨 한 번 고르면서 생활을 곧추세우고 바라보"게. 자네 "좋아하는 곳"(「좋아하는 곳으로」), 그곳으로 가게.

"이런 생이" 조금 더 "계속되어도"(「젤리피쉬 위의 거북이」, 『소녀』) 괜찮겠다. 그런데 "누가" 나를 "초대했을까"(「누가 먼저 춤을 추었나」, 『소녀』). 오늘은 *여기까지.* "어린 새의 영혼에 신의 축복을!" 다섯째 날 이야기 끝.

여섯째 날 읽기: 마홍, 앵무, 랭보, 이브 본푸아

> 언젠가 그이는 불가사의하게 사라질 거예요.
> 그러나 그이가 다시 하늘로 올라가게 된다면,
> 제 꼬마 친구의 승천을 조금은 보아야지요!
> ― A. 랭보(『지옥에서 보낸 한 철』, 민음사, 1974, p.72)

그리고 **앵무를 기억합시다.** 앵무는 영원한 붕괴 속에서 더없는 용기를 내어 영원한 재개를 꾀했던 자들에 속하기 때문입니다. 그것이 『롤랑을 기억하는 계절』 1부에서 자신이 흙으로 돌아왔다고, 그럼에도 쟁취한 발걸음을 지켜야 한다고 말할 때 그가 우리에게 기대하는 각성입니다. **앵무를 기억합시다.** 우리 자신에게 충실하기 위해서, 우리에게는 그가 필요합니다. 말하자면, 우리는 앵무를 필요로 할 필요가 있습니다.[14] (2023년 10월 23일 오후 12시 43분, 카페 미카엘에서 마지막 구두점을 찍다.) 오늘은 *여기까지.* *"이제 끝났어, 가자!"*(「언니는 맛있어」, 『고양이』) *여섯째 날 이야기 끝.*

---

[14] 원문은 다음과 같다. "그리고 랭보를 기억합시다. 랭보는 영원한 붕괴 속에서 더없는 용기를 내어 영원한 재개를 꾀했던 자들에 속하기 때문입니다. 그것이 『지옥에서 보낸 한 철』의 마지막 장 「고별」에서 자신이 <흙으로 돌아왔다>고, 그럼에도 <쟁취한 발걸음을 지켜>야 한다고 말할 때 그가 우리에게 기대하는 각성입니다. 랭보를 기억합시다. 우리 자신에게 충실하기 위해서, 우리에게는 그가 필요합니다. 말하자면, 우리는 랭보를 필요로 할 필요가 있습니다." (이브 본푸아, 『우리에게는 랭보가 필요하다』, 문학동네, 2023, p.77)

◈ 시집에 수록된 그림과 사진 ◈

<표지 그림>
ⓒ마홍, <The girl>, 2016, 아이패드.

<시인의 말>
ⓒ김명신, 북면, 2021.

<제1부>
ⓒ마홍, 2020,<앵무 인간>, 종이에 연필, 12.3 * 19cm.
ⓒ김명신, 수박, 2021.
ⓒ마홍, 2020,<앵무 인간>, 종이에 연필, 12.3 * 19cm.

<제2부>
ⓒ김명신, 담양 소호, 2022.

<제3부>
ⓒ김명신, 수다리, 2023.

<제4부>
ⓒ김명신, 북면, 2022.

<특별부록>
ⓒ마홍, <어린 새의 영혼에 신의 축복을!>, 2023, 종이에 흑연, 24.5 * 35cm.

<앵무인간보고서>
2. ⓒ마홍, <앵무새와 고양이와 소녀와>, 2022, 종이에 잉크,19 * 26cm.
4. ⓒ마홍, <앵무새와 고양이와 소녀와>, 2022, 종이에 잉크, 19 * 26cm.
7. ⓒ김명신, 북면, 2021.

롤랑을 기억하는 계절

1판 1쇄	2023년 11월 20일
지은이	김명신
펴낸곳	끝과시작
펴낸이	박은정
편집	박은정
디자인	이주영
출판등록	제2022-000083호
전자우편	typistpress22@gmail.com

ISBN   979-11-981886-6-3

*이 책은 경남문화예술진흥원의 문화예술지원을 보조받아 발간되었습니다.

끝 과 시 작